Collection
Ratus

Collection dirigée par Jeanine et Jean Guion

Dans ton livre, tu trouveras :

- les mots difficiles expliqués page 37
- les bonnes réponses
des questions-dessins page 46

Conception graphique : Klara Corvaisier • mise en page : Jehanne Fitremann
Adaptation 3D du personnage de Ratus : Gabriel Rebufello
© Éditions Hatier, 8 rue d'Assas, 75006 Paris, 2015.
Loi n°49 956 du 16 juillet 1949 sur les publications destinées à la jeunesse.
ISBN : 978-2-218-99246-9 • Dépôt légal : 99246 9 / 03 - août 2016
Achevé d'imprimer chez Pollina à Luçon – France - L77735

Ratus
court le marathon

Une histoire de Jeanine et Jean Guion
illustrée par Olivier Vogel

Les personnages de l'histoire

À Tomi-Colin

1

C'est bientôt le marathon de l'école. ①
À la récréation, Ratus raconte que c'est
une course de plus de 42 kilomètres !

– Quand on n'est pas un champion, ça
peut durer cinq ou six heures ! ajoute-t-il.

Marou et Mina sont inquiets car ils
n'aiment pas courir. Mazo Dumouton,
lui, se met à pleurer :

– J'veux pas faire 42 kilomètres !

– Si on a le droit de manger des carottes
pendant la course, dit Janot Lapin, je peux
courir cent kilomètres sans me fatiguer.

– Vantard ! dit Ratus qui ne le croit pas. ②

Qui va entraîner les élèves ?

En classe, Jeannette explique que la course sera seulement un mini-marathon de quatre kilomètres.

– Alors, j'y vais pas ! fait Ratus. Je veux bien marathonner, mais pour de vrai : 42 kilomètres ou je reste dans mon lit !

Tous les élèves rient. Et comme la plupart des enfants n'aiment pas courir longtemps, ils approuvent leur copain. Pour qu'ils acceptent, Jeannette leur dit :

– C'est M. Victor qui va vous entraîner, alors vous serez tous des champions !

En effet, Victor arrive, un sifflet à la main. Il crie et il siffle :

– Tous dehors ! Allez, plus vite ! Au pas de course ! Une-deux, une-deux…

Les lapins et Capra courent sans se

plaindre, mais les autres font la grimace.
Mazo pleurniche tandis que Mina et
Marou grognent qu'ils ont mal aux pieds.
Ratus, lui, raconte que ses oreilles sont
trop grandes pour un marathon.

– Si je cours vite, le vent soufflera dans
mes oreilles, alors ça me fera des courants
d'air dans la cervelle et je ne pourrai plus
rien apprendre à l'école.

Ses copains éclatent de rire, mais pas
Victor.

2

Victor prend son travail au sérieux. Il dit d'un ton sévère :

– Mettez-vous en rang par deux. Vous allez tous devenir des champions de marathon. Suivez-moi !

Les élèves partent derrière Victor qui court en criant et en sifflant :

– Allez, au stade ! Au pas de course ! Une-deux, une-deux…

Victor est un grand sportif. Il est en pleine forme, mais les élèves de Jeannette n'ont pas l'habitude de courir et ils se traînent derrière lui.

Quel dessin correspond à l'histoire ?

— Plus vite ! Plus vite ! crie Victor.

Et il souffle dans son sifflet.

— Une-deux, une-deux…

Il passe devant l'arrêt de bus en faisant de grands signes de la main sans même se retourner, et il continue à crier :

— Allez, suivez-moi ! Dépêchez-vous !

À ce moment-là, un bus s'arrête. C'est celui qui va à la mairie en passant par le stade. Ratus a une idée :

— Chut ! dit-il à voix basse, et il fait signe à ses copains de monter dans le bus. Vite, il ne faut pas que Victor nous voie.

Quand tous les élèves sont montés, hop ! le rat vert saute à son tour dans le bus en disant au chauffeur :

— S'il vous plaît, on paiera plus loin,

quand Victor ne pourra plus nous voir.

Le chauffeur est un petit homme maigre qui n'aime pas Victor à cause de ses gros muscles et de son sifflet qui vous écorche les oreilles comme un sifflet de gendarme.

– Bravo, les jeunes ! dit-il. Faut pas vous laisser faire. Vous paierez un autre jour. Aujourd'hui, c'est gratuit !

– Merci ! crient les enfants.

Et le bus démarre. Il double Victor qui continue à courir sur le trottoir en regardant droit devant lui et en criant «Plus vite ! Une-deux, une-deux… » sans se rendre compte qu'il n'a plus d'élèves derrrière lui. Tous sont assis par terre dans le bus !

– Ça va mal finir, pleurniche Mazo.
Ma maman ne sera pas contente.

– Taratata ! répond Ratus. Tu diras
à ta maman que tu allais te tordre la
cheville en courant, et que grâce à moi
tu es guéri au lieu d'être malade.

– Oh, c'est pas vrai ! proteste Mazo.

– Si tu préfères descendre et courir
derrière ton entraîneur, dit le chauffeur,
je peux m'arrêter…

Mazo fait non de la tête, et comme
Victor ne peut plus les voir, les copains
de Ratus s'assoient sur les sièges.

Alors le rat vert crie :

– Pour notre chauffeur sympa, hip,
hip, hip…

– Hourra ! font les élèves en chœur.

3

Sur le trottoir, Victor continue à courir tout seul en soufflant et en sifflant. De temps en temps, il enlève le sifflet de sa bouche pour crier :

– Plus vite ! Une-deux, une-deux…

Quand il arrive sur la place du marché, les gens le regardent d'une façon bizarre. Certains se disent qu'il fait ça pour se muscler les mollets. D'autres qu'il est devenu fou. Une vieille dame l'arrête :

– Ça ne va pas, monsieur Victor ? lui demande-t-elle. Vous courez tout seul en sifflant comme un gendarme !

Victor la regarde, ahuri. Il se retourne ⑨
et ne voit plus personne !

– Où sont passés mes élèves ? hurle-
t-il. On me les a enlevés ? Au secours !

C'est la panique. La télévision arrive ⑩
presque aussitôt sur les lieux et diffuse ⑪
la nouvelle.

Belo, qui regardait les informations,
pense que c'est sûrement une sottise
de Ratus. Il l'appelle sur son téléphone
portable.

– Allô, Ratus ? Où es-tu ? Au stade !
Tes copains sont avec toi ? Comment
avez-vous fait pour courir plus vite que
Victor ?

– On n'a pas couru, on n'est pas fou !
On a pris le bus sans qu'il nous voie.

Ouf ! Belo téléphone à la télévision et tout le monde est rassuré.

Sur la place du marché, les parents ne sont pas contents. Mme Dumouton accuse même Victor d'avoir forcé son petit Mazo qui a dû se faire mal au ventre en courant.

Jeannette est bien ennuyée, mais Victor se défend. Il dit que c'est la faute de Ratus et qu'il sera puni.

– Du calme, dit la maîtresse. Si nous voulons que nos enfants gagnent le marathon, il faut qu'ils s'entraînent.

Et comme chaque parent pense que son enfant gagnera, tous félicitent M. Victor pour ses qualités de sportif.

4

Après un mois d'entraînement sous la direction de Victor, les élèves sont prêts. Marou et Mina se sont achetés des chaussures spéciales pour la course à pied et la maman de Mazo lui a tricoté un pull en laine pour qu'il ne prenne pas froid s'il transpire. Les lapins ont suivi un régime pour courir plus vite : carottes à tous les repas, en jus, en soupe, en purée, en gratin, et même en tarte ! Ratus, lui, s'est acheté un casque pour écouter de la musique pendant le marathon.

— C'est pour protéger ma cervelle des

12

13

14

Que va distribuer Jeannette avant le départ ?

courants d'air, dit-il à ses copains.

Devant l'école, tout le monde est de bonne humeur. Parents et grands-parents sont venus. Mamie Ratus est là, sur son vélo, habillée en cow-boy, un lasso sur l'épaule. Jeannette distribue une bouteille d'eau à chaque concurrent.

Puis Victor tire un coup de pistolet en l'air : les élèves sursautent et se sauvent en courant. Le départ est donné !

Les lapins sont partis comme des flèches, suivis de Capra. Derrière, Mina et Marou sont dans le peloton avec les autres. Ratus ferme la marche. Le timide Mazo est resté sur place et il pleure.

– Au secours ! Je le dirai à ma maman.

Ratus retourne le chercher et lui dit :

– N'aie pas peur. C'était juste le signal du départ. Viens, on va marathonner tous les deux.

– On va perdre, pleurniche Mazo. On est les derniers.

– Taratata, répond le rat vert. Je suis sûr qu'on va gagner. Tu n'as qu'à me suivre et tu seras deuxième.

Mazo sèche ses larmes et se met à trotter derrière son copain Ratus.

5

– Maintenant, le rat vert ne court plus. Il marche en écoutant de la musique. Mazo le suit en se disant qu'un marathon avec Ratus, ce n'est pas fatigant du tout.

Les lapins sont loin devant. On devine déjà qui va gagner. Mais dans une course, il y a parfois des surprises…

Le mini-marathon part de l'école, se dirige vers la rivière, longe la forêt, puis entre dans la ville et se termine sur la place de la mairie. Et la forêt, Mamie Ratus la connaît bien ! Cachée derrière un buisson, elle attend son petit ratounet.

18

— Plus vite ! crie-t-elle. Tu es le dernier. À cette allure, tu vas perdre, même en prenant le raccourci.

— Quel raccourci ? demande Ratus. Tu veux que je triche ?

— On n'a pas le droit de tricher, déclare Mazo. Ma maman dit que c'est vilain.

— Taratata ! s'écrie la grand-mère.

Elle fait tourner son lasso, le lance et attrape à la fois Mazo et Ratus. Elle saute sur son vélo, se met à pédaler et tire les deux paresseux qui sont obligés de courir à toute vitesse pour ne pas tomber.

— Au secours ! pleurniche Mazo, je le dirai à ma maman…

Mais Mamie Ratus s'en moque. Elle veut que son ratounet gagne le marathon.

Que fait Mamie Ratus dans la forêt ?

Elle pédale de toutes ses forces sur un petit chemin désert qui rejoint directe- ment la ville. Attachés par le lasso, Ratus et Mazo courent derrière son vélo. Jamais le rat vert n'a couru aussi vite, même le jour où un coq voulait lui picorer le derrière.*

À la lisière de la forêt, Mamie Ratus détache les deux coureurs qui soufflent comme des locomotives à vapeur.

– Reposez-vous d'abord derrière cette haie, dit-elle. Après, vous finirez le mara- thon comme les autres.

* Voir *Ratus à la ferme*, niveau 4.

6

Ratus et Mazo rejoignent la route au moment où Janot Lapin passe devant eux, suivi de près par Capra. Les deux tricheurs se mettent à courir. Il ne reste plus que cinq cents mètres et les quatre concurrents arrivent à l'entrée de la ville. Janot et Capra sont fatigués. Ils ralentissent, alors Ratus et Mazo les rattrapent sans peine.

– Ils vont gagner ! s'écrie Janot. Vite, des carottes ! Il faut que j'en mange.

Capra Labique aperçoit son père qui la regarde passer. Elle s'approche de lui.

Où Ratus va-t-il au lieu de courir ?

— Papa, c'est Ratus qui va gagner ! lui dit-elle à voix basse. Il faut que tu m'aides.

Dans les rues, les gens applaudissent les coureurs. M. Labique, le marchand de fromage, encourage le rat vert :

— Allez, Ratus ! crie-t-il. Viens chercher un fromage pour te donner des forces…

Le rat vert n'hésite pas.

— Continue à courir sans moi, dit-il à Mazo. Et garde-moi la première place en attendant que je revienne.

Ratus file dans le magasin du fromager qui lui tend un gros morceau de gruyère.

— Je sais que celui-ci, tu l'aimes bien.

— C'est gratuit ? demande le rat vert.

— Pour un champion comme toi, bien sûr. Et je t'en offre même un autre.

Tu peux choisir : un fromage de brebis, un camembert, du bleu, un reblochon…

Ratus aime tous les fromages, et il y en a plus de cent différents chez M. Labique ! Il hésite. Il reste là, sans bouger, émerveillé par tout ce qu'il voit. Et pendant ce temps, les coureurs passent devant la boutique du fromager. Ils passent, ils passent…

Ratus finit par se décider et par choisir un reblochon. Il sort de la boutique pour reprendre la course, mais il n'y a plus personne dans la rue et il arrive le dernier. Mazo a déjà reçu sa coupe de vainqueur et il la lève bien haut pour la montrer.

– J'ai gagné, dit-il à Ratus avec un grand sourire. Mais je suis désolé, toi, tu as perdu.

— Mais non, moi j'ai gagné deux gros fromages, dit le rat vert en faisant un clin d'œil malicieux à son copain.

Les journalistes photographient le premier et le dernier du mini-marathon !

Capra a terminé deuxième et Janot Lapin seulement troisième car il s'est arrêté pour acheter des carottes. Marou et Mina ont été classés quatrième et cinquième. Belo les félicite d'avoir fait toute la course.

Plus tard, Mme Dumouton s'approche de Ratus et lui glisse à l'oreille :

— Mazo m'a tout raconté. J'ai grondé ta grand-mère : c'est très vilain, ce qu'elle a fait ! Mais elle a été punie : ce n'est pas toi qui as gagné. C'est mon Mazo. Et il est

Il y a eu des tricheurs dans ce marathon. Lesquels ?

tellement heureux !

– Moi aussi, je suis content pour lui.
Votre Mazo, c'est un fortiche : il courait
drôlement vite derrière ma mamie !

– Chut ! fait Mme Dumouton.

Plus loin, Victor est songeur :

– Mazo premier, c'est pas possible !

– Et pourquoi pas ? répond Jeannette
en souriant. Mes élèves sont heureux car
ils ont tous eu un diplôme, même Ratus
qui est arrivé le dernier.

Pour t'aider à lire

Retrouve ici
les mots expliqués
pour bien comprendre
l'histoire.

1

un **marathon**

Une course à pied
de 42 kilomètres
et 195 mètres.

2

vantard

Celui qui croit
qu'il peut tout faire.

3

marathonner

Mot inventé par Ratus
pour dire « courir
un marathon ».

4

ils **approuvent**

Ils disent que Ratus
a raison.

5

il vous **écorche
les oreilles**

Le bruit du sifflet fait
mal aux oreilles.

6

il **proteste**

Il dit qu'il n'est pas
d'accord.

7

en chœur

Tous ensemble.

8

une **façon bizarre**

D'un air curieux,
pas normal.

9 ahuri

Très surpris, d'un air bête.

10 la panique

Tout le monde a très peur.

11 elle diffuse

Elle annonce la nouvelle au public.

12 un régime

Ce que les lapins ont mangé pour courir très vite et gagner.

13 un casque

14 la cervelle

Ce qu'on a dans le crâne, le cerveau.

15 un lasso

Longue corde avec un nœud coulant que les cow-boys lancent pour attraper le bétail ou les chevaux.

16

un concurrent
Celui qui participe
à la course.

17

le peloton
Un groupe
de coureurs.

18

il longe
Il passe le long
de la forêt.

19

un raccourci
Chemin plus court
que le chemin
normal.

20

désert
Où il n'y a personne.

21

picorer
Piquer avec le bec.

22

la lisière
Le bord de la forêt.

23

des locomotives
à vapeur
Des locomotives
d'autrefois qui
avançaient grâce
à du charbon.
Elles fumaient et
soufflaient beaucoup.

une haie
Une rangée de plantes
ou de petits arbres.

 émerveillé
Ratus est en
admiration devant
tous les fromages
qu'il voit.

 elle lui glisse
à l'oreille
Elle lui parle
doucement, sans que
les autres l'entendent.

 un fortiche
Quelqu'un qui est
très fort. C'est un mot
familier.

 songeur
Victor pense à quelque
chose. Il réfléchit.

 un diplôme
On reçoit un diplôme
quand on a réussi
quelque chose.

Collection
Ratus

Découvre d'autres histoires dans la collection :

7•8 ans et +

niveau **3**

BONS lecteurs

Des histoires bien adaptées aux jeunes lecteurs, avec des questions-dessins et des jeux de lecture.

14

10

23

11

15

Et aussi...

Des histoires plus longues,
pour le plaisir de lire
avec Ratus et ses amis.

17

16

Collection Ratus

Ratus champion de tennis

Une histoire de Jeanine et Jean Guion
Illustrée par Olivier Vogel

19

Collection Ratus

Ratus à la ferme

Une histoire de Jeanine et Jean Guion
Illustrée par Olivier Vogel

18

Collection Ratus

Le jeu vidéo de Ratus

Une histoire de Jeanine et Jean Guion
Illustrée par Olivier Vogel

25

Collection Ratus

Ratus chevalier vert

Une histoire de Jeanine et Jean Guion
Illustrée par Olivier Vogel

20

À bientôt !

Les bonnes réponses aux questions-dessins

Tu es un super-lecteur si tu as trouvé
ces **10** bonnes réponses :

3, 6, 9, 11, 13, 17, 21, 22, 25, 26.